JUSTICE FOR LOVE COMMUNITY

SQUAD OF SOCCER

SUMEET KUMAR

Copyright © Sumeet Kumar
All Rights Reserved.

ISBN 979-888606942-6

This book has been published with all efforts taken to make the material error-free after the consent of the author. However, the author and the publisher do not assume and hereby disclaim any liability to any party for any loss, damage, or disruption caused by errors or omissions, whether such errors or omissions result from negligence, accident, or any other cause.

While every effort has been made to avoid any mistake or omission, this publication is being sold on the condition and understanding that neither the author nor the publishers or printers would be liable in any manner to any person by reason of any mistake or omission in this publication or for any action taken or omitted to be taken or advice rendered or accepted on the basis of this work. For any defect in printing or binding the publishers will be liable only to replace the defective copy by another copy of this work then available.

Sumeet Kumar

Sumeet Kumar , A adult who experiences many phases of love in his life , get broked many times , stands up every time and keep moving to the next phases of the life.In reality he is a writter as well as singer (as a hobby). Very exciting and interesting fact about him is that he is author of New era i.e. he starts his journey of writing at the age when he was going to schools to get the study . His some famous works i.e. Maturity Of Love (Genre - Love),Privacy For Dream (Genre - Middle Class), Army Squad ofLove (Genre- The Seperation of Army Love), 5 Days of Love(Genre- Temporarily Love), Th e Endearment Of Love(Genre - Historical Era Of Love), Social Destruction Indo-Pak (Genre - The Story of The Love At The Time Of Division Of India And Pakistan), Middle Class Soul (Genre - The Dreams of Middle Class), The Accursed Kanatpur (Genre -The Horrific Story Of A Village), Wrong Number (Genre -The Suspenseful Physco Killer Story), The Secrecy OfDeadly Midnight (Genre - The Suspense About a Crime),Fragile Religious Of Death (Genre- The Death Of A TrustfulPerson), Nature Vs Science (Genre - The Future Battle Between Nature And Science In A Horrific Way), Generic Man (Genre - The Dream of I.I.T), The Unconsious 12 Hours(Genre - The Illusion At Stage Of Comma), The StrangeBurden (Genre - The Burden Of Love) , Her Existence (Genre- The Female Pain In The Society) , Jockstrap Prize (Genre -The True Story Of A National Athlete) , H Man [Hindi] (Genre - Superhero Tragic Story), H Man [English] (Genre - Superhero Tragic Story) , Maturity Of Love [Englsih] (Genre - Love) and many more are available on various geners on the offcial platform of **Amazon, Flipkart and Notionpress**. You can buy them from there.

Contents

Acknowledgements *vii*

1. Lost In My Way   1
2. Metricious Love   10
3. First Day At Academy   23
4. The Past Relationship   38

Acknowledgements

Aman Kumar

Special Thanks to **Aman Kumar** who worked so hard in the preparation of this book. He has continually put with my passive voice, omission of words, and late night calls. You have be en wonderful. Thanks to him for his precious time in reviewing proposals , individual chapters and early drafts, along with his suggestions on the applicability of the material to the world.

I
LOST IN MY WAY

Kishi seh suna tha ki mohabatt vo mehfooz ki deeware bana deti hai jishe todna aashan nahi hota kishi ke liye ,ye vo fidrat bann jati hai kishi aur ko mehfooz karne ki jishe koi mita nahi sakta ,per aaj halat pehle jaishe nahi hai , na hee baateion aur na hee vo mohabatt hai ,aadat toh hoti hai logo ko per beigairat ush khamoshi ki jishe vo khud seh kabhi durr hee nahi kar sakte ,ishq kishi ko jodne ki shiddat rakhta na ki todne ,agar aap kishio seh mohabatt karte ho toh intezaar ki ghariya kyun mangna ush khuda seh ,har waqt uske baare mein sochna ,uski parvaah aur badle mein kuch na cahna ,kya ish mohabatt kehte hai ? kya kabhi ush saksh ne pucha hai kish halat mein ho tum ? yeh kabhi ush ne ye pucha hai ki tm theek toh ho na ? ishq ki baateion utni nahi janta mein per mahasoosh iya hai uski fidrat ko jab vo mere sath thi ,mein na toh devdas hun ,aur na hee koi romeo,kyunki inki pechaan toh sab ush waqt bhul jaate aur inki mohabatt ko bhi ,kyunki har kishi ko aajkal sahare ki aadat jo ho gayi ,kyun nahi jhel sakte apni ush khamoshi ki jisne tumhare liye vo kabr bhi tayar kar di hai jiski tumhe zarrorat tak nahi hai ?kyun lautna cahte ho uski zindagi jiski zindagi mein har ek saksh toh maujood per tumhari wajood ki ek chhoti shi jhalak bhi shammil nahi hai .

aishi baat nahi ki mein tutt chuka hun uski mohabatt ye mujhe kishi tarah ka dhoka mila hai ,kyunki mein en cheezo ko manta hee nahi hun ,ha aishi baat nahi ki maine mohabatt nahi ki thi ,maine bhi vhi shiddat nibhai jo dusre aab tak nibha rahe hai vo bhi ek rishto ko jodne ke liye ,jab zindagi ki mein log khud seh zyada kishi aur aehmayiat dene lage toh beshak ye samaj jayo ki vo tumse kaffi durr ,vo ek aishi manjil hai jiske sapne toh bhari mehfil mein shammil hokar dekh sakte ho per vo bhi ek khwaab ki tarah kyunki uski takhyyul tumhari soch kaffi alaga hai

,yeha har ek saksh aajkal yehi kehta hai ki mujhe tumhare husn se mohabatt nahi ,mujhe toh tumhari ruhhs eh mohabaat hai ,ye baateion bhi ush khwaab ki tarah hai jo raat ke sapne mein toh yaad aati per din ke ujale mein aankheion seh udan chu ho jati hai ,juthe vaade kyun karte hai log ? agar fareb ki duniya mein hee jagah deni ki fidrat hassil kar li hai toh vo saksh toh tumhari har baat manega ,toh ushe tadpane ki vo qafas kyun apne hisse mein shamiil kar rahe ho ? aajkal log jab mohabatt mein tutte thhe hai toh vo mujseh ye kehte hai ki mein kaffi koshish kar raha hun per ushe khud seh alag kar hee nahi sakta vo jaan hai meri ,uski yaadeion ,uski baateion har ek cheez absh jehan mein ish kadar bash chuki ki mein cahh kar bhi ushe khud seh alag nahi kar sakta ,mujhe nahi pata aisha kyun ho raha hai mere sath ? per sham ki jhalak jab bhi apni aankheion seh dekhta bash uski har ek ada per khud ke jeene ki fidrat marr dalta hun ,kuch ho hee nahi pa raha mera ,khud ki khamoshi aab jhel nahi sakta mein ,jab vo mujhe ish kadar inkaar kar ke cahali jaati hai ki mein aab tumhare sath nahi reh sakti ,toh mann karta hai khud ke wajood ko bhi uski baateion ki tarah bash durr kar dun ,mein vo dard seh kyun nahi pa raha ?kyun har baar bash uske samne harr jata hun ? kyun apni zindagi ke har ek lamho ko khud seh hee bigarne ki sajish karta hun ?mahroom hokar bhi apni yaadeion mein uske hone ki wajah ko dhundta hun ,mein janta hun ki mein inse alag hone ki gujarisha kar sakta hun per koi rahh dikhti hee nahi ki ushe khud se alag kaishe karu ,sirf waqt ki baat rehti toh jaane deta ushe ,uski yaadeeion ko bhi ,per ye jeene ki sauagat hai jsihe mein na toh khud seh durr kar sakta hun ,aur na aab khud ke kareeb lane ki riwayat kar sakta hun ,mein bhagna cahta hun ,aur uski yaadeion se aur uske wajood seh itna durr ho jana cahta ki uski vo baateion bhi mujhe kabhi dhund na paaye . ye jo maine kishi ki sauagat likhi hai ye sirf bhavnaayein nahi hai ,ye vo sururaat hai jo hame kishi bhi fanna ki wajah bana deti hai ,zindagi mein har ek chee apni aehmayiat dikhtai hai ,cahe vo rishte ho ,janvar ho,ye apki pasand deeda cheez hee kyun na ho ,waqt aane per ek ghau bhi apni aehmayiat dikhata hai vo bhi ish kadar jiske mehfil ko mein na muraad kabhi manjoor hee nahi karte ,ye kahani na toh meri aur na kishi dusre saksh ki kyunki ish baar baat toh pur kaum ki hai ,ush insaaf ki jo har koi cahta hai ,ush aadat hai jiski shiddat aab har kishi chaiye ,per mein kishi ki mohabatt ko galat bhi savit nahi kar sakta kyunki iski moh maaya hee kuch aishi hai ,jab log sahi hote tab ham unhe galat samjhane ki koshish karte hai aur jab log galat hote hai toh ham unhe sahi samjhane ki aadat bana lete hai ,per ye aadat bhi ek moh maay hee hai ,asliyat mein iske peeche bhi kayi rahsehya hai jo aaj panno ki saugat mein likhe jayege . ye jo aasyun log bahate hai ek dusre ke liye ,ye baateion bhi ish rahehya seh kaffi judi hai aur ish hadd tak judi hai jaishe ek sarrer aur ek ruhh ,mein un baateion seh har kishi ko ish mehfil mein waqif karvana cahta hun ,ki aasyun ki koi saugat nahi hoti mohabatt mein ye toh bash irade hote hai ushe khel ke jiski soch seh aap behad durr rehte ho ,insaniyat meini mohabatt ki baateion bilkul ush soch ki tarah hai jo pal bahr ke liye hee hoti hai ,kyunki insaan ne insaniyat bana toh dii hai per ushper chalne ki fidrat har koi nahi janta hamari kaum mein ,yeha log dharmo ko lekar ,seemao ko lekar ,zameen ke ek tukde ke liye bhi ladd sakte hai per insaniyat ke liye bilkul nahi ,har ek saksh ish apni zindagi seh yehi cahta hai ki ,uski zindagi har ek cheez bash behtar ho ,aur ushe kishi bhi tarreqe ki mushibat na jhelni pare ,aur ye khairat sahi bhi hai aur kyun na ho ? khud ke jeene ke liye aishi soch toh kaffi zarrori hai aajkal ke logo ke liye ,agar mein unki jagah hota toh mein bhi yeh sochta ? kishi saksh mujseh do baateion bahut acchi kahi thi ,aur mein cahta hun ki ish mehfil mein aaj jo bhi shammil hai cahe vo mer khamoshi hee kyun hai ,vo bhi meri baateion ko dhyan se sune ,waishe ush saksh ki baateion ko mein raheshya ki parchai nahi dunga ,kyun uski baatein bhi toh bhari mehfil ke samne aani chaiye ,kyunki usne khel hee kuch aisha khela tha ,aur aap sab ko pata hai jab koi khiladi apne khel ko behatr khele toh uski tareef toh honi hee chaiye ,khair mein un baateion per aab roshini thodi daal dun ,usne kaha tha ki hame ish duniya mein koi barbaad nahi karta ,vo toh hamari hee cahat hai jo hame barbaad karne ki wajah de deti hai ,aur tum jo mujseh pyar karte ho vo theek hai tumhare hisse mein per mere hisse mein aab iski aehmayiat nahi hai ,tumhare hone ke wajood seh aab koi fark parta hee nahi ,aab mein khud ke raste per chalna cahti hun .

behshak kayi logg ye soch rahe honge ki kishi samay per vo meri hamdam thi ,per aab mere sath nahi ,matlab ek tarak ki bewafai ,sayad per mere koi aishi khairat nahi uske baare mein ,usne toh theek hee kaha ,maine ye baatieon baateion zyadataar janavaro mein dekhi hee hai vo khud ke jeene e liye dusre janvaro ka sikar karte hai ,per insaan bhi yehi karte hai ,maine kabhi ye socha nahi tha ,kyuni jish din usne mujhe chhoda ,ush din meri bhavnaayein toh uske liye marr hee chuki ,per sayad ush waqt vo bhi ek khwaab hee thi ,kyunki maine nahi socha tha ki ye mere pass phi vapas laut kar jayegi ,agar koi saks apse ye gujarish arrta hai ki usne ushe bhula diya ,aur vo aab apni zindagi mein aage badh chuka ,toh usne jitni bhi baateion aapke samne kahi vo sirf juthe irado ke sath hee bani hai ,kyunki agar ye baat sach hoti toh vo saksh kabhi

ush bewafai ka zikr hee karta apne alfaazo mein ,bhula
diya hai suhe toh theek hai na ,kishi aur ke samne uski
baateion ko mashoor kyun karna ,agar zindagi mein aage
badhne ki fidrat ko apni pechaan de hee di hai toh ushe
baar baar dohrane seh kya fyada ?
ek ladke ki zindagi toh pehle seh hee aashan nahi hoti
,kyunki samaj ki baateion har waqt ushe yehi yaad dilati
hai ki tumhari zindagi bhi ek sauagat hai tumhare
parivaar jiski dekh rekh tumhe bade hokar karni hee
paregi ,bachpan se lekar jab tak vo budhape ki umar na
paal le tab tak ushe har waqt bash yehi aehsaas dilaya jata
hai hai ki tumhe bade hokar ghar ke halat sambhalne hai
,ek acchi naukri karni hai ,ma aur bap ka sahara banna hai
,behan ki shaddi karvani hai ,khud ko bhi dekhna hai
,apne chhote bahi ko bhi padhana hai , ye baateion ek
parivaar ko lekar galat nahi hai ,beshak hame ye karna hai
,ye hamara kartavya hai ,aur yee baateion sahi bhi hai ,per
hamare bhi halat kuch aishe hote hai jo ham khud ke
aandar bash rakh sakte hai kyunki baayan karne ki aadat
toh vo pareshaniya hamse cheen leti hai ,ye vo kartavya
jiska aehsaas har kishi se ne ham bhari mehfil mein dilaya
hai ,per ye baateion kuch logo per hee lagu hoti hai ,mera
matlab hai ye ladko ki purri kaum per lagu nahi hoti
,kyunki kayi aishi ladkiya bhi jo ye kaam karti hai ,aur
ladko seh behtar karti hai ,mein kishi ek kaum ko badhaba
nahi de raha ,aur na hee kishi ki taraf daari kar raha hun
,bash jo aehsaas kiya hai zindagi seh ushe bahs kehne ki
cahat kar raha hun .

khair ye sirf baateion nahi hai ,ye vo sachai hai jo kuch log
mann toh aate hai per kabhi apante nahi apni zindagi
mein kyunki do pal ki mohabatt unhe itna kayar bana deti
hai ki vo apni fateh ko bhi apni haar samaj baith thhe hai

,itna aashan nahi hota zindagi mein ush saksh ko chhodkar aage vadhne jiske liye apne apna sab kuch kho diya vo bhi ushe do pal kish khusiyan dene ke liye ,per ha koshish zarror ar sakte hai uski yaadeion seh durr jane ki aur apni mehfil aage badhane ki ,kyunki ye zindagi utni lambi nahi jitna ki ham apni aankheion seh dekhte hai ,ye toh bash vo rakh hai ush samsaan ki jismein har ek din un aag ki lapto mein ek insaan ko mukti naseeb hoti hai .

kishi ne kaha tha ki mehnat kishi ki gulam nahi hoti ,ye toh ek ush shiddat ki parchai hai jishe paane ke liye hame bahut kuch khone ki cahat karni parti hai ,aur agar kishi dard ki talab se rihaee chaiye toh behshak ek saksh ko iski aadat dalni hee paregi ,kyunki zindagi mein jo khsiyan khoyi hai vo toh kabhi vaapas laut kar nahi aane vali ,per jo khusiyan bhavishay mein aane vali hai ushe kabhi khud seh durr kare ki koshish matt karna varna kya pata safar mein vo phir kabhi raash aaye yeh na aaye .

khair en alfaazo ke khel bhi ek insaan ko kishi ki gulami karne per majboor kar sakte hai ye apni adhuri zindagi mein kabhi socha nahi tha ,uch haadse aishe bhi hote hai jo bilku ush sukoon ki tarah hote hai jinhe na toh khud seh durr karne ki wajah pata hoti hai aur na hee vo talab sahi waqt per hamara sath deti hai ,kehne ko toh baateio abhi purri mehfil ki bakki hai per ijjat ush nafs pe kaffi kam di hai ishliye apni zindagi ke lamhe baatne vala hun jo kabhi khud seh bhi maine akele mein saahil nahi kiya ,per sayad aab vo waqt ki pechaan bhi sahi aur mere dard ki cahat bhi kuch badh shi gayi ishliye kehne ki ijjat khud seh bahut pehle hee maang chuka toh safar mein sath rehne ki gujarish hai purri mehfil jinhone kishi ki mohatt paane ke liye khud ke wajood mitane ki koshish ki hai .

"KI
QAASID
BHEJA HAI
USH KHUDA
NE
MERE LIYE
JISME MERE

MARNE
KI TARIK
BEHAD SAAF
LIKHI HUI HAI (2)
ITTIFAAQ SEH
MAINE
USHE MITANE
KI KOSHISH
TOH KI
PER BAAD MEIN
MERI MEHFIL
MEIN YE
KHABAR AAYI
KI USH DIN
TOH USH
BEWAFA KI
NIGAH
KABOOL
HUI HAI .
KI BADI
BHEREHAM
HAI VO
KYUNKI MERE
HALAT

NAHI SAMAJHATI
MEIN HAR
BAAR
TOH JAHIR
KARTA HUN
PER
LAGTA HAI
NA MURAAD
AAB VO
MERI BAAT NAHI
SAMAJHTI
ISKE AAGE
IQRAAR KARU
BHI TOH KYA
KARU
USH BEWAFA
KE BAARE MEIN
KHUBSURAT
TOH HAI
PER
AAJKAL
DIL KE JAJBAAT
NAHI SAMAJHTI .

"

II
METRICIOUS LOVE

Ek rishto ko savarne mein purri zindagi lag jati hai per ushe todne ke liye sirf do pal hee kaffi hai zindagi ke ,khud se mohabatt kabhi kishi pbarbadi ke manjil per lekar nahi jati kyunki uski ruhh khud ke liye hamesah vafadar hoti hai ,ish duniya har ek duniya kayi log ek dusre se milte hai ,baateion karte hai ,rishte banate hai ,aur ek hee pal mein nafrat ki gujarish bhi karte hai ,per kabhi ek dusre seh alag nahi hote cahe vo ek dusre behad nafrat hee kyun na karte ho ,log bhale hee gusse mein ye keh dete ki mein ushe aab apni aankheion ke samne dekhna nahi caht ,vo mujhe pasand nahi hai ,per agle hee din vhi saksh phir uski yaad mein nafrat ke nayi deeware bana deta hai ,agar kishi se durr jane ka irada kar hee liye toh phir uske kareeb jaane ki fidrat ko kyun apne hisse ki khushi banaye ,kyun uski yaadeion mein har waqt bash khud ko dhundne ki gujarish kare ? jo log kishi wajah tutt gaye hai vo jante hai ki agar rishto mein kayi chhoti shi darar bhi agar furqat ki wajah savit kar de toh vo mohabatt thi hee nahi kabhi ek dusre ke liye ,kasme ,vaade ye saare ek juthe irade hee hai aajkal ki duniya mein ,asliyat mein kuch khwaab kehne hai mujhe jinhone kaffi waqt tak mujhe pareshaan kiya hai ,zindagi seh kabhi ye khairat mangi nahi thi ki mujhe khamoshyian ki ush mehfil mein thodi shi jagah de do jaha kayi log meri tarah mahroom hai ,usse jodne seh pehle har ek lamhe seh waqif tha mein aur khud ke dard se bhi ,per beigairat majboori kuch aishi thi ki dol pal ki barbadi bhi mujhe mohabatt lagne lagi ,aaj bhi agar raaho mein vo kahi mere aankheion ke samne dikh jati hai toh khud seh yehi saval puchta hun ki kya koi khubsurat cheez bhi meri ruhh kotabah kar sakti hai ?itihass gava hai ki sachhi mohabatt naseeb aajtak kishi ko nahi hui hai ,aur ho bhi kaishe vo toh ek tarfa hoti hai na ,ha ek tarfa hee to hoti hai kyunki dusri taraf sirf fareb ki duniya hee najar aati hai jishe na toh apni aankheion seh kabhi uske sath rehkar dekh paate hai ,aur na hee ushe kabhi mahasoosh kar paate hai ,galti toh uski bhi nahi thi ,usne toh bhari mehfil mujhe pehle hee ye keh diya ki meri mohabatt kishi tabhai seh kam nahi hai ,kasoorbaar toh mein tah jo uski ek chhoti shi baateion bhi samaj na paaya ,kyunki uski khushi mein kabhi mujhe apne gam ki khairat dikhi hee nahi ,bash ek aishi takhayyul ki duniya mein chala gaya tha ush waqt jah uski ranjish bhi mujhe mohabatt hee lagti thi ,aishi baat nahi hai ki ushe bhulne ki koshsi nahi ki thi ,yeh ushe bhulane ki fidrat nahi thi ,mere pass ush waqt dono cheeze maujood hokar bhi mein khud ko ijjajat nahi de pa raha tah yeh sayd vo sahi wajah nahi mill rahi thi jaha mein khud se ye keh saku ki vo galat hai ,kehta hai ek acche insaan ki fidrat kabhi kishi ko na nahi bol sakti cahe vo kishi ki bewafai hee kyun na ho ,vo toh ushe bhi ush waqt apne hisse mein manjoor kar leta hai ,agar dil lagane ki fidrat galat hai toh vo mohabatt kaishe sahi ho sakti hai ,kitni dafa khud seh kahu ki mein ushe bhul jaanaa cahta ,phir bhi har subah suki yaadeion mera peecha kyun nahi chorti ,kyun pagal bann chuka hun uske peeche ?kyun har waqt bash ushi ke baare mein sochne laga hun ?koi toh haadsa ho ish dil ke sath jo ushe hamesha ke liye bhulne ki koshish kare , mujhe nahi pata ki maine kya kiya tha uske liye per ha haqqeqat toh yehi hai ki maine vo sab kiya ham dono ke liye jo hamare rishto ke mehfooz rakh sake ,khair manta hun dard ki riwayat kaffi hadd tak mere hisse ne likh di hai per khairat safar toh abhi tay hee kiya hai meri ruhh ne ,isse pehle mein khud ko bhulne ki cahat kar baithu vo bhi uski yaadeion ke sahare ,mein vo har lamhe ki sifarish ek baar phir seh karna cahta hun jo maine uske sath bitaye thhe ,vo baateion phir ke baar karne cahta hun jo maine uske sath kiya ,per beigairat un vaado seh durr jana cahta hun jo usne mere sath kiye thhe ,ye koi kahani nahi sirf ham dono ki ,ye meri purri zindagi hai jo maine ushe maana tha vo bhi kuch pal ke liye nahi balki meri maut tak .

mein VAIDIK VERMA , vo saksh jishe duniya ki har ek khushi mili per naseeb mein vo sab gam ki saugat mein lipti hui thi ,matlab zindagi mein jish cheez ki bhi hasrat ki badle mein har waqt unhone sirf dard ki numaaish hee dii ,kayi haadse bhulaye maine ,kayi haadse dekhe bhi apni aankheion seh per kabhi socha nahi tha ki un haadso ki parchai hee ek din mere maut ki saugat bann kar samne aayegi ,log jab apni zindagi mein bahut kuch sehne ki aadat dal lete hai toh waqt ke sath vo unki fidrat bann jati hai aur agar galti seh vo kuch pal ke liye badal jaye toh ek din vo ush saksh ki tabahi bann jati hai jisne khud ki fidrat hee un lamho ko saup dii hai jiski deeware bhi ush khamoshi ki gulam hai .

toh meri kahani ek aishi barbadi seh suru hoti hai jiska naam RIDHI KALRA tha ek aishi ladki jo khubsurat toh thi per beiagairat uski cdahat sirf do cheezo seh suru hoti aur unhi do cheezo per khatam bhi ,waiseh bata dun vo do cheez kishi aam insaan ki aukad seh kaffi bahar thi ,kyunki uski fidrat vhi purri sakta tha jiski soch bilkul ushi ki tarah hoti ,waiseh mein suh mehfil ki suagat bata dun jaha ham dono pehli baar mile thhe ,matlab mere sehar ka naam , toh ye baateion jaha ki vha ki soch bhi mohabatt se sur hoti aur khatm bhi ,matlab AGRA shahjahan aur mumtaaz ki vo duniya jaha vo ek dusre ke hokar bhi kabhi ek ke na ho paye ,matlab unki maut ne un dono ki kismat ish kadar apne hathon seh moori ki taqdeer ne unhe kabhi dubara milaya hee nahi ,khair ye toh unki bateion unki mohabatt vo bhi ek dusre ke liye toh ham beech mein teesre insaan kyun bane ? karne dete hai unhe bhi mohabatt ki baateion ek dusre seh .

toh meri kahani mein ridhi kalra vo morr jisne mujhe khushi toh di per gam ki saugat mein ,aur ye baatein mein pehle bhi keh chuka hun ki mein vo saksh jishe khushiyan mili toh hai per gam ki saugat mein lipti hui ,toh meri ye cahat dusre seh alag kaishe ho sakti thi ,waiseh ham dono ki kahani kaffi lambi toh nahi per ha chhoti bhi nahi matlab average keh lo ,kyunki meri zindagi bhi average thi ,aur hamare moahabatt bhi average ,matlab jab usse pehli baar mila tha toh ushi din ye soch liya tha ki yehi vo ladki jiski mohabatt mein mehfooz ki riwayat mujhe naseeb hongi ,per kabhi socha nahi tha ki yehi vo wajah hongi jo mere dard ki riwayat mko paanj guna aur bhi badha degi ,maine khud ki zindagi average ishliye kahi hai kyunki mein lower middle class family se sambandhit karta tha ,aur iski halat toh purri duniya janti hai ,matlab do pal ki khushi aur "zindagi bhar ka gam vo bhi do rupay ki chai aur sath mein bheja kam" ,matlab mere papa mujseh har waqt yehi kehte hai ,ki hamari kaum hee kuch aishi hai ,kyunki unki zindagi bhi kuch khaas nahi rahi hai ,na toh ambani ke bte thhe ,aur na hee tata ke rishtedaar ,unki zindagi mein toh khushiyan hoti kya hai unhe aaj tak dekhi hee nahi ,khair chaliye mein apne papa seh milata hun jo ki koi aur nahi hamare ghar ke mukhiya bhi hai jinka naam AJAY VERMA ,waishe ek raheshya aur umeed hai ki ye baateion sirf hamare beech hee rahegi kehne ko toh papa hee asli mukhiya hai per purre ghar per raaj toh hamari ma ka chalta hai jo ki koi aur nahi balki hamari chhoti shi duniya ki vo badi khushi hai aur vo jad hai jsine ham sab ko jodd kar rakha hai waiseh hamari duniya ka naam USHA VERMA hai jo ki meri har ek khushiyon ki chavvi hai ,khair mere parivaar ki nasl yehi kahatm nahi hoti kyunki maine apne ghar ke do shaito seh toh aap dono ko milaya hee nahi jo ki mere bhai behan hai ,aur meri chhoti shi duniya ke anmol ratna jinhe mein khud seh bhi zyada pyar karta hun ,matlab meri chhoti behan AKIRITI VERMA ,aur mera bhai MRIDHUL VERMA ,ye sirf mera parivaar nahi hai balki ye purri duniya thi jiske baare mein maine bahut kam hee kaha hai ,kyunki waqt ki khairat kahi ghat na jaye aur jo maine dard ki har ek khurak apne jism mein jhel rakhi hai uski khawish agar kam ho gayi toh sayd vo sachai kabhi bahar aayegi hee nahi jo maine kayi waqt seh apne andar mahroom kar ke rakha hai , kuch kahaniyo ki badi khaas baat hoti hai ki vo kabhi khatm hoti hee nahi hai ,aur ham dono ki kahani bhi kuch aishi hee thi ,kyunki maine koshish toh kaffi ki thi ki ham dono kabhi mile hee nahi per ksimat bhi saali ush waqt bewafa hee nikli jisne ham dono ki phir vhi mila diya jaha ham dono ek dusre alaga ho chuke thhe,aur maine toh soch bhi liya tha ki vo mujseh aap vapas kabhi nahi milegi kyunki mein uski parchai seh kaffi durr aa chuka tha vo bhi SHIMLA mein ,ek aishi khubsurat duniya jaha dard ki numaaish bilkul bekhabar thi meri yaadeion ki tarah .

rishte khatm karne seh uski neeb kabhi khatm nahi hoti ,unki yaadeion toh tab bhi mashoor rehti hai bilkul kishi khwaab ki tarah ,ish duniya mein har ek saksh kish na kishi ke peech pagal zarror rehta ,cahe vo farogh ho ye kishi ki mohabatt ,meri bhi majboorian kuch aishi hee thi ,jaha naseeb mein na toh fidrat ki jhalak shammil thi aur hee mohabatt ki numaaish ,apni purri kahani batane seh pehle kuch akhiri sabd jishe kehna cahta hun ,mohabatt agar purani ho na toh vo kabhi bhulai nahi jaati kyunki waqt ke sath uske jhakm bhi hamari aadat bann jaate hai .

2013 ,ST. JOHN ACADEMY AGRA ,ek aisha school jaha ki khubsurti hee uski vidya thi ,mera matlab vha ka gyan hee unki khubsyrti thi ,zyadataar jab ham bacche rehte hai toh ,ye toh ham cartoons ke baare mein sochte hai ye kishi khilone ke baare mein ,per meri fidrat en sab kaffi alag thi ,sayad ek baat ho ye na ho per bata deta hun ,ki jiske ghar mein majbooriyan hoti hai na uski maturity vali phase ushe bahut pehle hee mill jati hai bachpan mein ,kyunki ish duniya ka asool ham jish mohall mein rehte ham ushe hee apna ghar mante hai ,aur mere ghar ke halat aur meri fidrat sirf khamiyan thi vo bhi paisho ki ,ek lower middle class family mein janm lene baad log toh yeha tak soch lete hai ki ish bacche ne akhir kar janam hee kyun liya ,agar ladka hua toh kaffi hadd tak vo ushe apna bhi lete hai per agar ladki hui ,toh dahej ,padhai ,aur bhi bahut sarri aishi cheeze hai jo samja mein bewajah pari hui hai , mere ghar ke halt bhi su waqt kuch aishe hee thhe ,papa ki jab naukri seh nikla gaya toh hamare halat ush waqt kaffi khrab ho chuke thhe ,vo jab tak do thhe tak tak unki duniya bilku ush tajmahal ki tarah jiski deewaro mein jung toh lag gaye thhe phir bhi vo duniya ke liye mashoor tha ,per unhe kya khabar thi ki unki duniya mein mere aate unke halat sudharne ki wajah aur bigar jayege ,jsih din maine janm liya ush din unhone ye nahi socha tha ki ek khushiyan aayegi aur ushi ke wajah seh duri jayegi ,kyunki mein hee wajah unke burre halat ke liye ,toh haadse ki khairat kuch aishi hai ki mera papa bank mein clerk thhe ,aur jsih din mein unki duniya mein aaya ush din vo ek mujrim bann chuke thhe sab ki najron mein ek aishe jurm ki unhe saja mili jo unhone kabhi ki hee nahi thi ,matlab choori ki ,ish haadse ke baare mein na toh kabhi ma ne bataya aur na hee kabhi papa ne ,bash samaj ki baateion ne mere jehan mein inhe mashoor kar diya ,koi baap nahi cahta ki uski burri parchai bhi uske bete per apre ,yeh ateet ke haadse jiske wajah seh unki purri duniya unse ek hee din mein cheen gayi hai uske iljam mujhper lage ,kyunki unhone khud pe lage iljam toh seh liye thhe per agar vo mujhper lagte toh sayad vo unhe seh nahi paate ,per iske baad bhi unki umeed kabhi kam nahi hui ,ha manta hun hamare halart khrab thhe per jishe ghar ki deeware himmat seh banti hai vo aashani kabhi nahi tutt thhe ,aur mere ghar ki himmat meri ma thi jinhone unhe kabhi tuttne nahi diya ,ye sab hone ke bawajood bhi .

ishliye unhe dekh bada hua tha ,unki mohabatt ko bash apne mann mein baitha rakha tha vo bhi ek aishe khwaab ki tarah jinki umeed hee adhuri thi ,jab mein st academy mein padhta tab meri mulaqat pehli baar RIDHI KALRA seh hui ,ek aishi ladki jiske baap ka bank balance hamari saal bhar ki kamayi seh kaffi uchi thi ,ham na toh ushe soch sakte thhe aur na hee hamari umeed ush hadd tak kabhi pauch pati ,matlab kaffi ameer ghar ke beti thi agar normally kahu toh ,aap sab ko bhi soch rahe honge ki agar vo inti ameer thi ,tab toh vo school bhi kaffi mahnga hoga ,aur mein vha kaishe paucha ,ush school mei har baar ek scholarship ki ghanti bajti thi jishmein ye saaf likha tha ki jo bhi ish scholarship ke written exam ko pass karega ,ushe ham apne school mein tab tak padhayege jab tak vo graduate na ho jaye , meri kismat bhale hee mujseh ruthi hui thi per mehnat har kadam per mere sath thi , phir kya tha jo sapne papa ne dekhe thhe vo bhi mere liye ,mein unhe purra karne keliye peech lag gaya tha ,aur jab scholarship ki gahnti baji toh maine form fill up kar ke ,aur iske baad ush written exam ko pass bhi kar liya tha , per iski farogh bhi ek haadse ki hee tarah thi vo mere liye ,kyunki iske baad bhi kayi ability test hue jismein maine topp kiya tha ,phir bhi unhone mujhe seat dene seh mana kar diya ,aur mujseh iski wajah bhi theek seh pata nahi thi ,per kuch hee din baad khabar aati ki mujseh suh school ne phir seh select kar liya hai ? merri zindagi mein ush waqt ho kya raha tha mujseh kuch bhi khabar nahi thi en baateion ki ? pehle toh unhone hee nikala aur baad mein unhone hee bulaya bhi per kyun ?

baad mein ye baat pata chali ki unhone ne mujhe school mein lene seh ishliye mana kar diya kyunki mere papa ke jo ateet ke haadse thhe ,vhi mere bhavishya ke liye dhaag bann chuke thhe ,ek aishe haadse bann chuke thhe jinki fidrat hee mujhe tabah karne ki thi ,unka kehna tha ki vo ek aishe ladke ko seat nahi de sakte jiske baap ek choor hai ,ek crimnal hai ,ye baateion kab hi ye toh mujhe pata hee nahi thi ,kyunki ush waqt papa ne kuch bataya hee nahi thi ,vo toh ekele chal gaye thhe apne bete ke liye un dalalo seh apne bete ke bhavishy ki guhaar lagane ke liye ,kitni dafa unhone ne khud ko jalil kiya vo bhi mere liye ,khud ko wajood ko unke samne ish kadad mita diya ki aaj vo baateion jab sochta hun na toh khud ko hee mitane ka mann karta hai ,kyun mangi mafiyan ? kyun kamjoor par gaye ? ye baateion mujhe sayad kabhi pata nahi chalti agar mein unki aur ma ki baateion chupke seh agar na sunta ,unhone ne kaha tha ki aab ghar mein khushyian aayi hai hamar ghar ka admisson ho gaya ST.JOHN ACADAEMY mein ,mithayi khilao miss verma ,
ush din mein kaffi khsh tha kyunki ush raheshya ki mujhe kuch khabar nahi thi ,mein toh bahs ishliye khushi tha ki mein sab se lag bann kar dikhauga ,aur hardwork ke khud ko ek kamayab insaan banayuga jaishe ki mere papa cahte hai ,per ma ko en baateion ki en baateion bhi khabar thi ,kyunki unka pati bhari mehfil mein kishi aur ke samne jalil hokar aaya vo bhi sirf mere liye ,ush bete ke liye jsine

sirf khushyian dekhi thi ush waqt ,girr chuka tha mein khud ki najron mein jab sachai mere aankheion ke samne aayi thi ,mein sab kuch bhul chuka tha ush waqt meri padhai ,meri farogh ,aur mere aage badhne ki umeed bhi ,aur ma ne toh mujhe ush waqt bataya bhi nahi ,vo bash mujhe dekh kar khush thi ,unhone papa se kaffi der baateion ki ,kaffi der tak unhe smajhaya ,aur akhir mein gale laga kar bash itna bola ki chalo khana kha lo kaffi der ho chuki hai .

sach kahu toh meri kalam rukk chuki hai ush raat ko bayan karke ,likhne ki gujarish aab sayad khatm ho chuki hai ,phir bhi mein unke lamhe ish kadar jaane nahi de sakta kyunki gamo ki mehfil toh unhone ne mujhe bhale he shammil nahi kiya per mein apni khusiyon mein unhe shammil zarror karunga ,ush din mere papa ma ke samne pehli baar roye thhe , aur meri ma bhi ,un dono ko maine kabhi apni aankheion ke samne rote hue nahi dekha tha ,cahe hamare halat kitne bhi burre kyun na hue ho ,pehli dafa ush insaan ki aankheion mein aasyun dekhe thhe maine jisne mere liye apni khusiyan ki mehfil daan kar di thi .

ye baateion toh maine sun toh li thi ush din ,per jeene ki fidrat ushi din apni umeed ki tarah marr chuka tha ,khud seh ghin aa rahi thi ,khud ko bash kishi bhi tarreqe se bash unse alag karna cahta tha mein unke pyar ke layak nahi tha ,mein bash khud ko unki duniya seh ish kadar alag karna cahta tha ki meri wajah seh dubara mere papa ko kabhi ye sab na jhelna na pare ,kehne ko toh ek nayi duniya mili thi ush din mujhe jo nafrat aur kishi ki dalilo seh bhari hui thi ,mein bash unhe barbaad karna cahta tha cahe vo kishi bhi tarah kyun na ho ,per akhir kar uske peeche ki wajah toh mein hee tha na ,kyunki mere sapno ke wajah seh ush insaan ne unke sasmne hath jode jisne kabhi apne imaan ko beecha hee nahi ,vo toh kuch log toh thhe jinhone barbadi ke manjar bhi khushiyon ke mehfil mein dikhaye ,pata nahi ye baateion maine apne lafzo seh kahi hai yeh sayad nahi bhi kahi ho phir bhi kehna cahta hun ,ek aache insaan ki fidrat ki har waqt uske liye barbaadhi hee lekar aati hai ,vo kabhi dusre saksh ko mana kar hee nahi skata cahe vo raste kitne bhi taqleefe ki riwayata mein kyun na ho ,mujhe apne parivaar ka ateet nahi janna tha ,aur na hee mein apne papa ko kabhi galat bol skat tha ,kyunki mein janta hun jishe saksh ne burre halato mein bhi apne parivaar ko nahi chhoda ,vo thode seh paisho ke liye apna imaan kaishe bheech sakta hai ,apni fidrat khud seh kaiseh alag kar sakta hai ,har kishi ki najron mein ek pita kishi superhero seh kam nahi hote ,kyunki duniya ki har khawish jab ham apni khwaab ki parchai mein rakhte toh baad mein ushe sapno ki rangat mein vhi saksh unhe sajata hai jishe ham ek pita kehte hai ,cahat toh ush dard bhari mehfil ko chhod sakta per meri ruhh ne ush waqt mujhe ijjat di hee nahi , bash phir maine ush din ush school ke trusty ko barbaad karne ka soch liya tha ,ush din ke baad jab mein agle din ST .JOHN ACADEMY mein gaya toh sab mujseh kaffi alag thhe ,matlab insaan ki fidrat thi unmein per ek alag dhang seh jishe kuch aur nahi ghamand kehte hai ,vo per koi jinda tha hee nahi ,mere khyal sab murde hee thhe ,kyunki maine apni najre jab bhi ghumai mujseh bash paisho ki chankar sunai de rahi thi ,aur ameeri ki chaap bhi .

"AGAR AUKAD
NAPNE KI
MACHINE HOTI

TOH EK GAREEB
KI CAPACITY
KAFFI OOCHI
HOTI
KYUNKI
UNKI FIDRAT
SEH UNKI
MEHNAT
SAAF JHALAKTI
HAI .

KHUD
KI UMEED
JALA KAR BHI
USH PITA NE
MUJHE PALA
HAI
MA KI MAMTA
MAINE DEKHI
TOH HAI PER
USH PITA
KI UNGLIYON
NE BHI
MUJHE
SAMBHALA
HAI
KAISHE BHUL
JAYUN
USKE DARD
KO JISKI
KHAMOSH BAATEION
NE
MUJHE

***KHUSHIYON
MEIN SAVARA
HAI
DHANYA HUN MEIN
JO MAINE
EK PITA KE
SAAYE
KHUD KO
SAMBHALA
HAI*** *."*

III

FIRST DAY AT ACADEMY

Sifarish toh yehi hai ki aaj sab kuch kehdun ,per ijjat ush ruhh thodi kam di hai ishliye apni mehfil vhi seh suru karna cahta hun jaha iski fanna mashoor thi uski mehfil ke liye ,waqt ki khairat bhi kishi ek aache khasseh saksh ko guolam bana deti hai ye sirf maine suna tha per ush din apni aankheion seh dekh bhi liya ,mein aaj har kishi ko kuch kehna cahta hun ,aur vo baateion ye hai ki agar aap kishi ek manjil per chal rahe ho toh uske raaste mein kitni bhi pareshaniya kyun na aaye aap kabhi apne kadam usse peeche matt lena ,kyunki jab ek mushafir kishi manjil ko tay karta hai toh uski cahat ushi waqt kishi dusri manjil ke liye khatm hio jati hai ,aur vo kehta hai na hee purani yaadeion kabhi vapas laut kar aati hai aur na hee purane haadse kabhi kishi ki mehfil mein dohraye jaate hai ,per meri mehfil toh pehle seh hee barbaad thi to aab kaun shi nayi barbaadi mere hisse mein aane vali thi jiski gujrarish mein badi shaan seh kar raha hun . toh meri barbaadi koi aur nahi RIDHI KALRA hee thi ,aur sayad ush academy ki sabse haseen aur behad khubsurat ladki bhi ,jikse peeche ush academy ke saare ladke ish kadar pare hue thhe jaiseh koi effil tower dekh liye ho ,per vo galat bhi nahi thhe apni jagah kyunki ek insaan ish zindagi mein sirf do cheezo ke peeche hee bhagta hai pehli ,daulat aur dusri kishi ke jism ki khairat ,aur sayad mein bhi en dono rasto seh alag nahi tha ,agar bakiyo ki fidart mohabatt thi toh meri bhi cahat toh ush mohabatt hee thi ,per kishi aur tabah kar ke aur apni farogh ki cahat aur talab ko purra karke ,kyunki ek insaan apni cahat bhul sakta hai per un rsihto ko kabhi nahi bhul sakta jiski parchai mein usne kayi raat aishe kaate jo sukoon ki shiddat se banaye gaye ho ,mein kishi aur ki nahi ush bhagbaan ki baat kar raha hun jishe mein apna sab kuch manta hun matlab mere papa ,har ek haqqeqat jan kar bhi bahs ush waqt chup tha kyunki unse ush waqt najre nahi mila pa raha tha ,mein janta tha ki vo khud seh toh kabhi kuch jahir nahi karege ,kyunki vo apne bete ko taqleef mein dekh nahi sakte ,aur maine unhe ush waqt itni taqleef di thi ki mein khud bhi nahi janta tha ki unhe unse durr kaishe karu ,khair waqt ki tanhaiye mein agar ush waqt ko mahroom kar leta toh kabhi apne maksad mein kamayaab nahi ho pata ,jaha ek taraf ush academy ke sarre ladke RIDHI KALRA ke peeche thhe ,vhi per kuch aishe bhi logg thhe jinhe mujseh kaffi taqleef thi aur sayad vo kahi na kahi mujhe taqleef dena cahte thhe ,per unhe khabar thi jishe vo kaccha aam samaj rahe thhe vo apne asoole ka kaffi pacca tha ,aur ek local ki koi value nahi hoti ,aur mein vhi local tha ,mujhe taqleef dene seh pehle maine unhe hee aishi taqleef di ki vo khud ki bhi value bhul chuke thhe ,pata hai ek local bande ki pechaan hee yehi hoti hai ki vo har ek cheez seh sakta hai aur reverse bhi kar sakta hai ,peri meri kahani mein toh average tha ,toh vapas toh dena parta unhe jo vo soch rahe thhe mere sath karne ke liye maine unhe hee reverse mein sudh samet vapas kar diya , toh chaliye aap sab ko bhi ush haadse ki thodi shi jhala dikha hee deta hun , isse pehle kuch aur bhi bata dun ki mere peeche har ek group ke ladke lage hue thhe,aur vo kyun lage mujhe nahi pata ? per ha taqlef kaffi thi unhe meri wajah seh kyunki ?

"CONVERSATION"

"

***ADHIR** : oye freshi sun idhar ! (adhir jo ki school ka sabse behtar ladka aur ek accha player bhi ,football ki pitch per isse behtar aur defender aur attacker koi nahi tha ,vo kehte hai jimein khasiyat hoti hai unme burai bhi kuch kam nahi hoti ,aur isme yehi burai thi ki ish khud per overconfidence tha ki mujhe apne field mein koi nahi hara sakta ,aur ye*

jishe bula raha ye koi aur nahi balki mein hee hun).
VAIDIK : *ha bolo !*
ADHIR : *oye senior hun tera ijjat seh baat kar
,tere baap ne tujhe sikhaya nahi ki kaiseh baat
karte hai bado seh ?*
*(vo kehte hai na dhukti nash per kabhi hath nahi
rakhna chaiye ,aur usne toh usse bhi badi galti kar
di ush waqt ,usne hath ki jagah ushper apna pau
rakh diya tha ,mujhe pata hai aap sab ko bhi ye
baateion thodi alag lag rahi hongi hatho pairo ki
,er ye toh sirf ek kahavat hai ,asliyat mein toh abhi
purri kahani bakki hai).*
VAIDIK: *sikhya toh hai ijjat karna per tere
jaishe chamcho ki nahi ! chal aab side de .*"

iske baad jo bhi hua vo sayad nahi hona chaiye aur mujhe usse aishi baateion nahi karni chaiye ,per iske peeche bhi ek wajah hai ,mein janta tha ki vha mehnat ki koi keemat nahi hai ,matlab ham jaisho ki ,kyunki vha toh sabse ne ek dhanda chal rakha tha ,jishe sudh sabdo mein vypyaar kehte hai ,aur aiah vypyaar jaha mehnat ki keemat lakh seh sur hokar ushi per khatm bhi hoti thi ,khair chaliye pehle thodi behash ho jaye jisne mujseh panga liya hai ,jab maine ushe bola ki aab side de ,kyunki mein bhale hee ek scholar tha per unhe ye baat kaha pata thi ki mein ek local bhi tha ,aur local ki koi pechaan nahi hoti ,ushe jish bhi climate mein rakh do vo reh lega ,aur seh bhi lega ,phir kya tha jitne bhi amiro baccho ke group thhe vo sab ek sath jama ho gaye aur mujhper chadne ki koshish karne lage ,mera matlab hai mujseh bhirne ki koshish karne lage ,unki iccha ush waqt purri bhi ho jati ,per ush waqt ushi ke group se jab ek band ne mujhe marne ki koshish ki ,maine apna hath utha diya ,aur ushe itni jodd seh chhot aayi ki ush group seh koi dusra banda aaya hee nahi ,ye baatein thodi filmi lag rahi hongi janta hun per kya karu haqqeqat yehi hai ,kyunki vo koi normal bande seh toh pita nahi tha ,akhir ek local ne ushe maara tha ,aur local bande ki chhot bhi ush khuda ki dua ki tarah asar karti hai ,phir kya tha jab ye haadsa hua toh thode hee der mein unke ma baap aa gaye unhe bachane ,matlab teachers aa gye ,per ek baat ki hairaani abhi bhi hai ki unhone ne kuch bola nahi ,matlab unki pitayi kisne ki iske baare mein unhone ne kishi seh nahi bola ? aur bolte bhi kaiseh apne juniors seh jo pitt gaye thhe .

waiseh maine jish ladke ko maara tha uske parents koi aam insaan nahi thhe ,vo kishi MLA ka ladka tha ,per jab ek local ki ability kishi halat seh match kar jaye toh samne phir koi bhi kyun na ho vo ushe chhodta nahi hai ,mujhe toh suh ladke ka naam bhi sayad theek seh yaad nahi phir bhi sab ush waqt yehi keh reh rahe thhe ki ROSHAN (ROCKY) matlab ek ladke ke doo naam yeh ye dono alag thhe ,itna confusion kyun ? jab mein yeha maujood hun ,mein batata hun akhir purre school mein ush waqt kishi topic per baat ho rahi hai, toh topic kuch naya nahi tha bash sab ye bol rahe thhe ki ek freshi ne rocky toh peer diya ,yeha tak toh unhone n memes tak bana diya ham dono ke socila networking sites per ,aur mujhe ye baat pta thi ki unki ego meri soch seh kaffi badi aur vo en sab ka badla mujseh zarror lenge ,ishliye mein pehle seh tayar tha ,jung ki bhi ek khasiyat hoti hai ki ye kabhi khud seh ladi nahi jati aur agar galti seh bhi khud seh ho jaye toh zindagi ek aishe morr per hame lakar khada kar deti hai jaha ham khud ke sath hokar bhi ush waqt khud seh durr ho jate hai ,ish duniya mein jish saksh ke dil aur dimaag ki soch ek jaishi hoo toh vo saksh har mushkilo ko par kar skata aur har ek halat mein reh bhi sakta hai ,per meri soch bilku alag thi kyunki ush waqt kishi aur ne ish per aisha jadu kiya tha ki mein khud ka hee raqeeb bann chuka tha usha waqt,

toh kahairat ush waqt kuch aishi hui ki ,jish wqt sata group ki mujseh ladai hui ush waqt RIDHI KALRA maujood thi jisne apni khubsurat aankheion seh sab kuch dekh liya aur ushi waqt vo mujhper fidda ho chuki thi ,matlab ye hai kya ? aab sab bhi soch rahe honge ,khair ye baad mein ek fareb hai pe ush waqt mere liye mohabatt thi aur syad uske liye kahi na kahi ,maine socha nahi tha ki ham ish kadar ek dusre seh kabhi milenge ,aur khawish bhi ush waqt kuch khaas nahi thi ,kyunki mein apne papa ki khoyi hui ijjat vapas lana cahta tha ,aur uske liye mujhe kuch bhi kyun na karna pare mein karunga ?

nafrat har ek sakhs ko barbaad kar deti hai ye suna tha per badle ki cahat bhi bhi kuch alag nahi hai kyunki iski soch seh hee nafrat ki vo deeware majboot ho jati hai jinke baare mein ham kabhi sochte hee nahi ,mujhe kya pata ki mein jish nafrat ki talim hasiil kar chuka vo bhi apne papa ki khoyi hui ijjat ko vapas lane ke liye ,vo mujhe khud ke hee najron mein ish kadar gira degi ki mein kabhi unse najre milane ki riwayat kar hee nahi payunga ,mein toh bahs unki khusiyan vapas lana cahta tha per beigairat ek aache saksh ki pechaan bhi uski soch seh hoti hai yebaat mujhe pata nahi thi .

khair en sab ke baad meri barbaadi suru ho chuki thi ,aur mein aachi tarah seh janta tha ,per vo kehta hai ham toh mashoor ho jayge maut ki gaaliyon per beigairat hamari cahat tumhe bhi mashoor kar ke hee jaygei ,en sab ke baad sata group ka mein target bann chuka tha aur bata group ka bhi , phir kya tha unhone kaffi koshish ki mujhe chhot pauchane ki ,per har baar nakamaybi ki seedhi unhe chadni padhi cahe vo padhai ho ye sports mein ,kyunki yehi toh do wajah thi jismein vo mujhe harane ki koshi kar sakte thhe aur mujhe chhot pauchane ki koshish bhi ,per unki kismat ush waqt itni acchi bhi nahi thi jo meri mehnat ko maat de sake ,jab zindagi mein aap kishi fateh ko hassil karte ho na cahe vo kishi cheez mein kyun na ho toh phir waqt seh ham ush cheez fateh ki aadat hoo jati hai aur yehi seh sururaat bhi hoti hai barbaadi ki ,waqt aur fateh kabhi kishi saksh ki gulam nahi hoti ye baat mann ke andar nirdharit rakhne ki baat hai aur ush waqt mere jehan mein ye baateion mujseh kaffi durr thi .

SEPT /2017/3:00PM

toh ye ush din ki baat hai jab hamare sports match peaks per thhe ,aur hamare group ko ek honhaar player ki zarrorat bhi thi matlab A1 palyer jiski defendig skill kar dekh samne valo ke hosh udd jaye ,aur ush waqt jo hamare opponet the vo NATIONAL UNITY ACADEMY vale thhe ,jinke sirf naa mein hee unity nahi thi balki unke kaam aur unke khelne mein bhi kaff unity thi ,aur iske pehle bhi vo kayi baar st john academy ko unhi ke sports mein hara chuke thhe ,aur bhi kayi academy takar mein thhe hamare per unmein sayd ush waqt potential ki kaffi kami thi ,tab ush waqt hamare academy mein ek naye ladke ki entry hoti hai ,jisne aate hee st john academy ke captain ko challenge kiya tha vo bhi football federation ke head coach ke samne ,waishe ush ladke ki pechaan bata dun SAMIR VERMA (INTERNATIONAL PLAYER) per ye baat ush waqt kishi ko pata nahi thi vo ek international player hai ,aur ush waqt st john ka jo captain vo bhi ek international player tha ,matlab ish baar ki jo ladai thi vo ek dusre seh nahi balki khud ke hee status seh thi ,matlab AYU RAJPUT (jo ki hamare football team ke captain tha ,aur dusri taraf samir verma jiski skill sabse behtar thi ,aur ye baateion hame tab pata chali jab kuch aisha hua ? jo ki ush waqt nahi hona chaiye tha kyunki ush waqt trialment mode sabne chalu kar rakha tha ,matlab sports ferdration ke ye rules thhe ki koi bhi outer player hamre tema seh kishi ek ki jagah le sakta hai agar vo ushi academy seh sambhandit karta hai toh ,aur agar nahi bhi tab bhi ye rule lagu honge .

phir kya tha purre school mein ek aishi race lag gayi ki ush waqt aadhe purre academy mein seh aadhe bacco ne padhai kaffi pehle hee chhod di thi ,kyunki ye match kaffi important tha hamare academy ke liye ,kyunki iski winning prize hee kuch aishi thi ,aur vo winning prize ye thi ki jish team ki ish match mein jeet hoti hai vo dusri academy ko replace kar skate hai ,matlab vo ush academy ke har ek tukde ko khud gulam bana sakte hai ,simple language kahu toh jish academy ki ish match mein haar hongi vo academy unke hathon seh cheen kar jeetne vali academy ko de di jayegi ,matlab unki purri academy bhi aur unke baache bhi .

aab ye sirf ek match nahi tha balki ek jung thi vo bhi captancy ko lekar ,jiski gujarish ush waqt un dono ki thi ,ayu ish match ko ishliye khelna cahat tha kyunki vo apni academy ko prove karna cahta tha ki mujseh best captain koi aur nah hai ,aur na kabhi ho sakta hai ,aur dusri taraf samir ish match ko ishliye khelna cahta tha kyunki ayu ke sath uske purane pange thhe intenational match mein ,kyunki iske pehle ayu kayi baar samir ko hara chuka tha ,aap sab bhi ye soch rahe honge ki ye meri kahani kishi morr per aa chuki ,matlab mein kaha tha aur kaha aa gaya ,aur itne saare kiredaar vo bhi achanak seh kaha seh aa gaye ,aur kaun sa competion ,kaun sa match ? aur mein en sab mein kaha hun ?

kehte hai zindagi ke kuch haadse aishe bhi hote jinki parchai nahi hot aur na hee koi haqqeqat hoti hai phir bhi ateet mein uske ghau hamseha naye dard dekar hee jate hai bhavishya mein ,aur mere hisse ye ishe haadsa kahu ye khud ki nakamayabi kuch khabar nahi hai ,per ha yehi vo halat jiske wajah seh meri kismat purri tarah badal chuki thi ,jish din samir ne ayu ko cahllenge kiya tha ,uske agle din hee unhone ek dusre ke against ek match khela ,jisme result kuch aishe thhe jishe dekh kar sab hairaan thhe ,matlab purre st john academy ke baache bhi aur uske kayi dost bhi ,toh haadse kuch aishe hua ki ush match mein pehli baar samir ne ayu ko 4-1 seh maat di thi ,jo ki sabse badi jeet thi uske liye aur dusri taraf ayu ki sabse badi haar ,ye baateion belive karne laayk nahi thi per sab kuch hamari aankheion ke samne hua tha ,ishliye na cahte hue bhi hame bharosha karna hee para ,mein ayu seh iske pehle sirf ek hee baar mila tha jab ahir seh meri ladai hui thi ,vo ham sab ka senior tha aur ek aisha ladka bhi jiski soch ushi ki mehnat seh suru hoti thi aur ushi per khatm bhi ,pata nahi per jish din meri ahir seh ladai hui thi usne mere support kyun kiya kyunki na toh vo mere dost tha aur na hee hama kabhi ek dusre seh pehle kabhi mile thhe ,phir aisha kyun kiya usne ? jab samir ne ayu ko defeat kiya tab kuch hee der mein ye baat purri academy mein fhel chuki thi ki st john academy ka beast apni jung harr chuka hai vo bhi ek non noob player seh , maine pehel hee bola tha ki vo sirf ek match nahi tha ,balki ek jung thi ,aur un dono ke beech jo ek dusre ko behad nafrat karte thhe ,per mujhe en sab seh kya lena ? mein kyun inki baateion aap sab ko bata raha hun? meri toh kahani aur morr hee alag hai ?

jab ye baat purre academy mein gunjne lagi ki ayu ko ek non noob player ne hara diya toh phir kya tha ,dosti kabhi kishi ki mohtaaz nahi hoti ,per ush din thi matlab ushi ke dost aab uske sath nahi thhe ,kyunki duniya ki riwayat hai log hamesha ek aishe insaan ke peeche rehna pasand karte hai jiski hamesha fateh ho ,na ki uske peech jo dil seh toh behtar hai per apni jung harr chuka hai ,vo harr toh chuka per ushe ish baat per koi afsoos nahi tha ,ki ushe ek nonnoob playe ne hara diya hai jo ki usse behad nafta karta hai ,ayu ne bhale hee samir koi kayi baar haraya tha ,per ish baar nakamayi ushe hisse mein mili vo uske parivaar ke samne mili thi ,matlab khd ke hee hisse mein ,aur khud ke hee maidan mein ,en sab ke baad bhi vo usne khud ko nakamayb nahi maana ,usne jaate waqt bhi purrer academy seh sirf ek hee baat kahi thi ,ki agar mein aaj harr chuka hai toh iska matlab ye nahi ki meri academy bhi harr chuki hai ,mein rahu cahe meri jagah koi aur rahe bahs meri academy jitni cahiye ,jish academy ko apna purra parivaar manta tha ,ushi cademy ne ushe khud seh ish kadar alag kar diya jaishe ek sarrer seh kishi ruhh ki riwayat durr ho jati hai ,

jab maine ye baat suni ,toh mujhe toh ish baat per bharsoha hee nahi ho raha tha ki ayu jishe maine apni aankheion ke samne kayi baar khelte dekha hai aur dusre teams ke opponents ke panje seh unki fateh khud ke hisse mein late dekha hai ,vo ayu ek non noob player seh harr chuka jsihe khelte hue sirf kuch hee mahine hue hai ,matlab kaishe ? vo harr kaishe gaya ? kayi iske peech koi ranjish toh nahi hai ?kyunki mein jitna ayu ko janta usne haare hue matches bhi khud ke dam baar jitaye hai ,vo bhi akele .phir aiseh kaishe ho gaya ?

jab ayu st john academy ko chhod kar ja raha tha ,tab ush waqt sirf uski khamsohi maujood thi ,aur uski ruhh toh sayad ushi din barbaad ho chuki thi jish vo samir seh harr chuka tha ? harne seh bhi zyada ushe kuch baateion kaffi taqleef de rahi thi ,aur ye baateion ye thi ki ush waqt uske koi sath nahi tha ,agar sarrer ka koi ang kamjoor ho jaye toh ham ushe khud seh alag toh nahi kar dete na ,phir vo aisha kaishe kar sakte hai ,ohh ! mein toh bhul hee chuka tha cha toh sirf paisho ki hukumat chalti thi ,aur paisho seh toh faeth bhi kharidi ja sakti hai aur mein ye bhul kaishe gaya ?

kuch haqqeqat aishe bhi hote hai jo bilkul ush khwaab ki tarah hote hai jo apke sapno ki umeed ko purre karne ki kasme vaade toh nibhayege per akhir mein unki riwayat hame ish kadar harne per majboor kar deti hai ki ham ush andhere ki taalash karne lagte hai jinke sapne hamne kabhi apni band aankheion seh bhi nahi dekhe hai ,ush din ranjish toh hui thi per kuch kadar hui thi ki sachi aankehion ke smane hokar bhi kishi ko uski sachi dikh nahi rahi thi ,sabko ush waqt yehi lag raha tha ki ayu samir seh harr chuka hai ,per ye haqqeqat nahi hai ,ye sirf ek dikhava hai jo ush waqt ayu ne kiya tha vo bhi khud ko bachane ke liye per kisse ? kya wajah thi ,aur kyun kiya usne aisha ?

jaate waqt usne mujseh ek baat kahi thi ki jo sayad mein aap sab ke samne ke jahir karna cahta hun !

"CONVERSATION"

"

AYU: *hey vaidik ! mujhe kuch kehna hai tumse .*

VAIDIK : *ha ayu bolo ,I m sorry for your harm ,mujhe bilkul ish baat ki khabar nahi thi ki tum match harr jayoge ,actually mujhe toh belive hee nahi ho raha ki vo tumhe kabhi hara bhi skata hai ?*

AYU : *ha per mein harr gaya per mujhe ish baat ka koi afsso nahi hai mein bash itna cahta hun ki meri academy bahs jeet jaye ,aur meri team ko bash ek accha captain mill jaye ,jo mujseh bhi behtar ,aur sayad samir iske liye sahi hai ,mujseh better hai vo .*

VAIDIK : *tumse better ! ye toh mein koi khwaab dekh raha hun ,ye uski jagah mere hisse mein ek aishi haqqeqat samne hai jishe mein manna nahi cahta ,you are the best player of our academy and also a best captain ,how could you said that ? ki samir tumse better hai .*

AYU : *anyway ! ye harr meri hai toh ishe mere hee hisse mein rehne do ,per tumse kuch kehna hai ,ye team bilku nadan hai vo bhi ush baache ki tarah jo chhoti shi baateion per kishi bhi cheez ko lekar zidd karne lagti hai ,aur mein janta hun samir meri team ko smabhal nahi payeg aishliye mein cahta hun ki uski jagah tum lo ,aur mein tumhe order nahi de raha ,mein ek request kar raha hun ...jsut handle my family!*

VAIDIK : *per mein kaishe ,maine toh kabhi football match acche seh dekha bhi nahi toh khelne ki baat toh kaffi durr ki hai ?*

AYU : *tum sab seh apni sachi chupa sakte ho per mujseh nahi .*

VAIDIK : *kya matlab hai tumhara kehna kya cahe ho ?kaha ja rahe just listem me ayu ! tumne ye kyun kaha ki meri sachi tum jante ho ? kya jante ho* *tu mere baare mein ?"*

bash itni hee baateion hui thi hamre beech ,iske baad ayu vha seh chal gaya tha ,aur ek aishi uljhan mein dalkar jisse mein bekhabar bhi tha aur anjaan bhi ,usne mujseh ye kyun kaha ki meri family ko mer jaan ke baad tum sambhal lena ,aab meri academy aur meri team tumhari hai ,mein toh unke naam tak nahi janta aur na hee maine iske pehle kabhi football khela hai ,aur kaun shi sachai ki baat kar raha hai vo ? kya janta hai vo mere ateet e\ke baare mein ,aur mere ateet mein aishi kaun shi ghatna hui jisse meri ruhh bhi bekhabar hai ?

bahut saare savla thhe ush waqt jo mere jehna mein ish kada mujhe taqleef paucha rahe thhe jinse mein nikalne ki riwayat nahi kar sakta tha ,kyunki mujhe un savalo ke javab cahiye thhe ,mujhe vo baateion janni thi jo mere ateet seh judi thi ,mein vo haadse sunna cahta tha jo mere ateet seh jude ish kadar jude thhe jisne mein waqif tak nahi tha ,aur kya ayu mujeh pehle seh janta hai ?aur agar vo saksh mujseh waqif hai toh usne kabhi mujseh en ish cheez ke baare mein baateion kyun nahi ki ?ye kaun shi veeran raahe jiski parchai bhi mujshe ush raheshya ke kareeb elkar ja rahi hai jaha sirf dard ki riwayat hee mahsoor hai mere hisse mein ?

aishe bhi haadse hote hai jaha apni manjil ke kareeb hokar bhi ham usse kaffi durr hote hai ,mein ush waqt ush academy ko barbaad karne aay tha ,ush balde ki nafrat mein har waqt mujseh bash apne papa ki parchai dikh rahi thi ,mein ush academy ki har ek deewar ko ish kadar barbaad karna cahta tha ki dubara vo apne kadmo per kabhi khadi na ho sake ,per ye kish uljhan aur kartavya ki mehfil mein fash chuka hun jaha ek tarfa dard ki hava chal rahi hai toh dusre taraf kishi ke bishvaash ki ,aur mein kyun bharosha kar rha hun uski baateion per jisse meri mulqat sirf do pal ki hee thi ,kyun apna sa lag raha tha ,kyun uski baateion mujhe sach lag rahi thi ,aab ye haqqeqat hai yeh koi qafas isse toh anjaan mein bhi hun per ha sayad aapki soch waqif ho sake ,uske liye waqt ki riwayat toh thodi jhelni hee paregi agle hisse ke liye .

"JABR
EK
AISHE
RISHTE
MEIN
BANDH CHUKA
HUN
JISKI
KHUSIYAN
BHI
MERI MEHFIL
MEIN
BEBASI
KI NUMAAISH
BANN KAR
AAYI
HAI .
TAVAQQO
HISSE
MEIN HAQQEQAT
KI GUJARSIH
THI USH
KHUDA
SEH

*PER ITTIFAAQ
SEH
USH KHUDA
NE
ULJHAN
KI DUA
KABOOL
KAR LI .*

*AAYNE KI
CAHAT
KITNI BHI
SAAF KYUN
NA HO
PER WAQT AANE
PER USKI BHI
SOCH
BEIGAIRAT
MAUKHATO
KE PEECHE
CHEEP
HEE
JATI HAI ."*

IV
THE PAST RELATIONSHIP

Kehte hai kuch haadse aishe hote hai zindagi mein jinki koi keemat nahi hoti ,per usse jude khwaab har waqt taqleef zarror dete hai ,kishi khabar thi ki meri manjil ish kadar badlegi ki jinse purri shiddat seh nafrat karta tha ,akhir mein vo mujseh aur mein unse mohabatt karne lagunga ,kya haqqeqat thi mere ateet ki ,kya rsihte thhe mere unse ,unke khwaabo seh ,kyun zarrori tha mein unke liye ,kahi ye koi qafas toh nahi jo mere hisse ki khamoshi ban kar samne aa rahi hai ,kyun mila mein usse ,aur ussh saksh ke aandar jshe mein acchi tarah seh janta bhi nahi hun ,kyun vo mujhe apna sa lag raha hai ,kya haqqeqat hai dono ki ?aur kaun shi sachai aure kaun sa bharsoha ?

ish raheshya seh ush waqt toh mein bhi anjaan tha ,per khairat ushe haadse ki har ek sachi seh mein jald hee waqif hone vala tha ,kyunki jish uljhna ki qafsa mein maine khud ki nafrat marr di ,uski khairat hee mujhe har waqt ush pal ke aehsaaash mein ek naye dard ki riwayat ko har waqt mere jehan mein jinda kar rahi thi .

ush din jab ayu ne mujseh ye kaha ki aab meri academy aur uske sarre player tumhare hathon mein ,mein nahi cahta tha ki samir meri team ka matlab hamari academy ka captain bane ,kyunki agar usne ko jagah le li toh ham kabhi jeet nahi payege , mein cahh kar bhi uski baateion ko taal nahi sakta tha ,kyunki ek baar hee sahi per usne meri madad ki vo bhi ush bheer seh alag hokar ,aur maine ush waqt hee ye bol diya tha jab tumhe meri zarroarat pare tum mujhe yaad kar sakte ho ,per mein toh anjaana tha khud ki hee inaayat seh ,yeh u kahiye ki behkhabar ho chuka vo bhi do pal ki mohabatt ko dehkar ,na toh mein international player tha ,aur na hee mujhe ush football match mein koi interest tha ,pert manjboor ish kadar tha ki na cahte hue bhi maine ushi din samir ko captaincy ke liye challenge kar diya aur jo kartavya ayu ne dikha tha vo bhi apni team ko bachane ke liye maine bhi ush waqt vhi kiya ,kyunki vo kehta hai .

"

KI
BADLE KI
CAHAT HEE

> **TABHI**
> **PURRI**
> **HOTI HAI**
> **JAB**
> **DUSHMAN**
> **KI FIDRAT**
> **AUR JUNG KI**
> **RIWAYAT**
> **BARABAR**
> **HO."**

mein janat hun ki nafrat ki cahat ush waqt unke liye thodi kam ho chuki thi per meri fidrat nahi ,insaan ki soch agar fidrat ki pechaan dekh le toh uske pau kabhi rukte nahi hai cahe kaishi bhi barbaadi samne kyun na ,aur ye toh meri cahat thi toh mein sihe bhul sakta tha ,ush academy o join karne seh pehle maine iske peeche do fyade dekhe .

.pehla ye tha ki agar maine galti seh bhi ush acdemy seh khelkar vo bhi ek captain ke taur per ,agar ush match ko jeet jata hun toh saare trusty mere under already aa jayege ,mere kehne ka matlab ish baat formula no ek teer seh do nishaan vala tha ,ki agar maine apni academy ko match mein faeth dil di toh sayad unki nafrat mohabatt mein badal jaye aur ush academy ke jo trusties thhe vo sayad mujhe better manne lage ,kyunki ye unki bhi ijjat ki baat thi ,aur ijjat toh bahut durr ki baat ho gayi use pehle unki academy ki baat thi .

.dusra fyada ye tha ki mujhe kuch karne ki zarrorat hee nahi paregi ,na hee unke samne mohabatt aur farogh ke jaal fhekne parege aur na hee unki beigairat alfaaz sunne pareg ,matlab code no" seedhe entry into the enemy house'"
.

mein pehle seh ye baateion janta tha ki ush academy ke ladke mujhe kuch khaas pasnad nahi karte aur na hee vcha ke aadhe teachers ,ishliye jab maine samir ko challenge kiyta tab vha ke coach ne mujhe ye bolkar ha bolne ko kaha ki agar tum ish match mein harr jate ho toh tumhe ish academy ko chhod kar jana parega ,mein jo inaayat kishi ki dosti mein kar raha tha aab vhi meri haadse ki riwayat bann sakti thi ,vo kehta hai jish insaan ke peeche uski ranjish shammil hoti hai matlab soch ki fidrat aur sath mein uski cahat bhi toh ushe koi hara nahi sakta ,sirf bal seh jung jung mein fateh kabhi naseeb nahi hoti ye toh har koi janta hai ,toh uske liye brain ki capacity bhi maujood hono cahiye jo dono ko balance kar sake aur kishi bhi jung ko jeetne mein madad bhi ,mein janta tha agr mein ish match ko harr jata hun tohg mujhe ush academy ko chhodkar jaana hee parega ,aur mere sapne jo barbadi ki cahat lekar aaye thhe vo bhi st john academy ke khilaf vo sayad kabhi purre nahi hote agar mein ush academy ko chhod kar chala jate ,baat sirf mere ijjat ki nahi thi ,mere ma ne aasyun bahaye thhe aur mere papa ne jo ijjat gavai thi ,mein unhe dubara vapas lana cahta tha ,ush waqt agar mein harr bhi jata toh sayad meri fidrat ush haar ko kabool kar bhi leti per vo khwaab kabhi nahi purre aur na hee mein apne ma baap ke aasyun ke aasyun ki keemat kabhi chuka pata .

,matlab ek tha ki ish chance ko chhodna nahi hai ye mere liye ek golden oppurtunity hai jo mujeh kishi bhi tarah seh bash apne hisse mein cahiye ,vo fatehy mera hath bhele hee chhod de per mein ushe nahi chhod sakta tha .

phir kya umeed ki cahat toh sath thi bahs fidart jeetne ki mehfil mein thodi kaam thi ,jab maine challenge kiya toh mein ek tarfa tha ,matlab mere sath koi nahi tha , na hee vo academy aur na hee koi aur ,per jaiseh ham dono ke dusre e khilaf ush match ko suru kiya vo bhi purri academy ke samne toh purri academy mein sirf ek hee naam ke alfaaz suniye de rahe thhe vo bhi fateh ke liye jo ki koi samir rathore ki hee thi ,ush waqt matcha ka score ham dono ke beech 2-O ,matlab usne do goal bahut pehle hee kar diye aur mere hisse mein aryabhatta ki inventions maujood thi matlab zero ,sab ne toh meri harr bahut hee pehle hee tay kar di thi ! kayi toh ye bhi bol arhe thhe abe chala jaha varna kapde bhi nahi bachne vale tere looser ! oye local ! bhaag ja !

aur mujhe ishi ki zarrorat thi ,nafrat ki bhi ek alag hee cahat hoti jo hame sedhe fateh ke raste lekar jaati hai ,matlab jo nahi hona tha akhir kar vhi hua ,half hour beetne ke baad bhi match ka score vhi tha ,per agle half hour kcuh aishi khairat shammil ho gayi mujseh jiski qafas vha baithe har kishi ko mahsoosh hui matlab maine uske 15 minute mein paanj goal kar diye ,ye kaiseh hua ? mujhe ish cheez ki khabar nahi hai per sayad ye koi khud ki hee cahat hee hongi ye log kehte hai ?kya kehte hai ushe kismat ! ha meri ksimat sayad ush waqt aachi thi yeh mere ma baap ke jo dard sahe thhe sayd uski caht kuch ush waqt thodi kamjoor per gayi thi ishliye fateh ki cahat ne mere kadmo ko thaam liya tha ,matlab vaidik verma non demo noob player ne ek international player ko har diya tha ,matlab samir rathore apni captaincy harr chuka tha !

ush din ek haqqeqat aur samne aayi ki nafrat bhi dua mein fateh ko hee kabool karti hai ,aur meri nafrat toh har jagah fateh ki caht mein hee ghum rahi thi ,per mein aab bhi hairaan tha ki ayu ne mujhe ye kyun bola ki mein hee uski academy ko bacha sakt hu ? mein hee uski acadmey ko sambhal sakta hun aut unhe fateh bhi dil sakta hun

,mein vo match toh jeet gaya tha per uske saval aab bhi mujeh pareshaan kar rahe thhe ,main ush waqt ushe dhundne ki kaffi koshi ki ,per isse phel mein suhe purri academy mein dhundta ,iske pehle hee sabne ne mujhe apne kandho per utha liya tha aur aishe jashn ki cahat karne lage vo jaishe vo mujhe bahut pehle seh jante hai ,ush din mere aankheion ke samne ek aur baat samne aayi ki st john acdemy mein rishto ki koi keemat nahi hai vahe vo dost ho ye unke rishte hee kyun na ho ,kyunki ayu ki bonding unse mujseh zyada thi ,per jab vo ush match ko haar gaya aur apni captaincy ko tab uska sath kishi ne nahi diya ,uske sarre dost yeha rtak ki jish academy ko vo apni family manta ,unhone ne bhi ush waqt uska sath chhod diya ,mahroom kar diya ushe vo bhi sirf ek fateh ke liye ,khair mujhe na toh unke sath naye rsihte bnane thhe aur na hee unhe nibhane thhe kyuki meri manjil aab purri saaf tha ,kyunki mein aab trusties ki najron mein aa chuka tha ,aur RIDHI KALRA jsihe mein acchi tarah seh janta bhi nahi tha ,vo meri zindagi ak sabse badi kamayabi thi ,jishe mein bhul chuka tha ,vo kehte hai fielding jab tak purri na ho ,tab tak ham koi match jeet nahi sakte ,mujhe ye baat toh pata hee nahi thi vo vha ki head trusty ki beti hai matlab BAJAJ KALRA ki beti (head trusty of st john academy).

matlab maine jishe purri mehfil mein dhunda vo mere hisse mein hee pari thi ,karma ki cahat bhi kuch bhi ush waqt meri fateh hee cahti thi ,mujhe toh aab kuch karne ki zarrorat hee nahi hai kyunki mere fateh ki cahat aab kishi ki mohabatt mein likhi thi ,maine socha hee nahi ki jsih cheez ki gujarish mein ush khuda seh sajde mein roj kar raha hun ,vo bewajah hee mere hisse mein aa jayegi ,ush academy mein ye baat kishi ko maloom nahi thi ki ridhi kalra bajal kalra ki beti hai ! aur ish cheez seh mein bhi

kaha waqif tha ki vo bajal kalra ki beti hai ,matlab
dushman meri hee kabr mein aakar baith hai aur mujhe
ish baat ki khabar tak nahi hai ,aab mere liye vo match
kaffi important tha , mujhe national unity academy ko aab
kishi bhi tareqqe seh unhi ke field paraast karne hee
parega ,kyunki bajal kalra ki beti toh meri mohabatt mein
pagal ho chuki thi per abhi bajal kalra ki kabr purri tarah
seh tayar nahi hui thi aur na hee ush academy ki ,jish din
maine samir verma ko haraya tha ushi din usne mujhe
propose kiya tha vhi purri academy ke samne , per unhe ye
baat ki bilkul khabar nahi thi ki vo bajaj kalra ki beti hai
,matlab jab mujhe ush waqt ye baat pata chali toh meri
khushi bilkul saatve aashmaan per thi ,matlab aab sab toh
hassil kar liye ,aur jo sapne maine dekhe thhe ush academy
ki har ek itt ko tabah karne sayad vo jald he haqqeqat mein
badalne vale thhe ,vha ke bakki trusty toh mujseh kaffi
khush thh aur vha ke teeno groups ,per mein jsih cheez ka
inteezar kar raha tha vo cheez aab tak nahi mil thi ,per kya
aage jakar vo mere hisse mein milegi ? aur kya mein apne
ma baap ke aasyun ki keemat jo bajal kalra ki wajah seh
thhe ? kay mein ush badle ki riwayat ko aage badha
payunga ? kay mein bajal kalra ko tabah kar payunga ? aur
kaun shi haqqeqat mer ateet seh judi hai ,aur jinhone ne
mujhe pala hai kya vo mere asli ma baap hai ? aur jo rishte
maine usne jode hai kya vo aslia hai kya mein unhi ka
khoon hun ? kya ayu seh mein pehle bhi mill chuka hun ?
agaar hamari mulaqat pehle ho chuki hai toh mujhe vo
lamhe yaad kyun nahi hai ? aur kya mein ridhi kalra ki
mohabatt ko apne fateh ki aur bajaj kalra ki barbaadi bana
payunga ? ye kahi mujhe bhi usse mohabatt ho gayi hai ?
akhir ush din uske ijhaar karne per mere javab kya tha
maine akhir kar usse kya bola ush din ?kyun maine vo
captaincy nibhai ,aur jab st john academy ne national

unity ke khila ush match ko kehla toh kya unhe usme jeet mil aur en sab mein ayu kaha hai ? saval kayi hai per javab ki haqqeqat abhi bilkul tay nahi hai hai ,aur waqt ki cahat bhi abhi puri nahi hai per sabr ki mohabatt toh apnani hee paregi kyunki abhi kahani bakki hai mere dost !

maine apni kahani purri likh di hai vo toh hisse mein ittefaaq seh meri yaadeion hai jo adhuri hai vo bhi ush ateet ki wajah seh ,kehta hai mohabatt mein log aage badhte hai ye u kehiye yehi vo wajah hoti hai jo ek saksh ko farogh ki cahat dilati hai ,per beigairata agar ham kabhi ishe apni feth mann le aur iske sahare hee apni zindagi jeene ki koshish kare toh ye kabhi kabool nahi hoti ,agar kishi ki barbaado chaiye hee toh kishi ki mohabatt ko kabhi badnaam matt karo ,kyunki ek tarfa mohabatt har kishi ko naseeb nahi hot ,aur rahi baat barbaadi ki ye toh mashoor hai mohabatt ki un gaaliyon mein jaha dard ki havaye bhi fereb ki cahat mein shammil hoti hai ,jurm kar ke haadse mitaye nahi jaate kyunki waqt ke sath unki pechaan aur bhi gehri ho jati hai ,aur ish duniya mein har ek jurm ki saja hai ,agar khairat mein kishi ko do pal ki khushi nahi de sakte toh uski mehfil mein gam ki wajah bhi matt bano varma na toh mehfil dard ki sifarish bachegi aur na hee aagan mein khushiyon ki mehak .

kuch kahaniya aishi bhi hoti hai jinke kiredaar toh purre hote hai per unki fidrat adhuri hoti hai aur kuch kahaniya aishi bhi hoti hai jinki fidrat toh purri hoti hai per unke kiredaar adhure hee reh jaate hai ,meri kahani bhi kuch aishi hee hai jisme kiredaar toh per ateek ke kuch lamho ke wajah seh inki fidart adhuri hai .

"ISH DUNIYA
MEIN RISHTE
JITNE KAAM

BANAYOGE
TAQLEEF
HISSE MEIN
UTNI HEE
KAAM MILEGI.
KI ARZ KIYA
HAI
MEIN USH
HAR SAKSH
KE PEECHE
ROYA HUN
JISKE
SATH
MAINE
PURRI
SHIDDAT SEH
RISHE NIBHAYE
THHE.
KUCH RISHTO
KI KHAIRAT NE
MAJBOOR
KAR DIYA
THA
VARNA
BADLE
KI CAHAT
TOH
HAM
BHI KAR SAKTE
THHE
AUR ITTEFAAQ
SEH HEE SAHI
AAJ TUMHE

KHUSIYAN
ZARROR MILI HAI
PER WAQT AANE
DO AGAR
TUMHARI MEHFIL
KO HAMNE
MAHROOM NA
KAR DIYA
TOH HAM
BHI EK
BAAP
KE
BETE NAHI ."

Jazmin

EDITION :1

www.ingramcontent.com/pod-product-compliance
Lightning Source LLC
LaVergne TN
LVHW041715060526
838201LV00043B/748